내 인생의
자서전 쓰기

내 인생의 자서전 쓰기

초판 1쇄	2020년 08월 26일
2쇄	2021년 01월 01일
지은이	정대용 서상윤 정예경
발행인	김재홍
디자인	이근택
교정·교열	김진섭
마케팅	이연실
발행처	도서출판지식공감
등록번호	제2019-000164호
주소	서울특별시 영등포구 경인로82길 3-4 센터플러스 1117호 (문래동1가)
전화	02-3141-2700
팩스	02-322-3089
홈페이지	www.bookdaum.com
이메일	bookon@daum.net
가격	20,000원
ISBN	979-11-5622-527-0 13800

CIP제어번호   CIP2020029950
이 도서의 국립중앙도서관 출판예정도서목록(CIP)은 서지정보유통지원시스템 홈페이지(http://seoji.nl.go.kr)와 국가자료공동목록시스템
(http://www.nl.go.kr/kolisnet)에서 이용하실 수 있습니다.

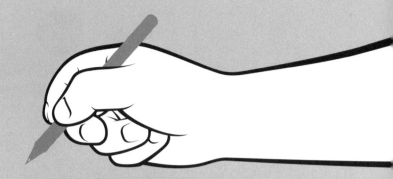

내 인생의
자서전 쓰기

기록인 ＿＿＿＿＿＿＿＿＿＿＿＿＿＿

지식공감

"이 세상은 두 부류의 사람이 있습니다. 자신의 삶을 기록으로 남기는 사람과 그렇지 않은 사람입니다."

내가 살아온 인생을 글로 쓴다면 이것이 바로 「나의 삶이자 한 권의 책」 자서전이 됩니다. 자서전은 유명인사나, 작가가 아니라도 누구나 쓸 수 있습니다. 내 삶 자체가 '나만의 콘텐츠'를 가지고 있기 때문입니다.

또한 「자서전 쓰기는 자신과의 대화」이기도 합니다.
나를 새롭게 발견하고, 과거와 화해도 하고, 현재 내가 서있는 곳을 인식하게 만들어 줍니다. 남은 인생 동안 '무엇을 남길 것인가?'에 대한 고민으로부터 성찰의 기회를 갖게도 합니다. 이를 바탕으로 새로운 삶의 방향성을 생각하고 추진할 수 있는 힘도 얻게 해줍니다.

그런데, 자신의 삶의 이야기를 기록으로 남기는 일은 쉽지가 않을 것입니다. 머릿속에서는 지나온 인생의 수많은 일들과 사건이 맴돌지만, 정작 글로 옮기려고 하면 인생에 대해 정리도 잘 안되고 썼다 지웠다를 반복하게 되는 자신을 발견하고 포기하기 일쑤일 것입니다.

그렇기에 자서전 쓰기에 도전한 분들이 중도에 포기하지 않고 한 권의 책으로 탄생할 수 있는 방법을 강구하였습니다. 생애주기별로 겪게 되는 일들을 주제별로 정리한 후, 인터뷰 형식으로 질문하고 기록할 수 있도록 하였습니다.

인생은 바다를 항해하는 배와 같습니다. 바다에서 배가 지나간 자리는 파도에 의해 사라져 버립니다. 우리의 인생도 기록으로 남기지 않으면 기억되지 않고 영원히 사라져 버립니다.

"호사유피 인사유명虎死留皮 人死留名"이란 아주 유명한 속담이 있습니다. "호랑이는 죽어서 가죽을 남기고, 사람은 죽어서 이름을 남긴다"는 말입니다. 자신의 이름을 남기는 방법이 바로 기록입니다.

그 기록물이 나의 자서전입니다.

자신의 인생스토리, 삶의 역사가 기록된 자서전은 '내 인생의 문학작품'입니다. 작품의 주인공은 두말할 나위 없이 바로 '나' 자신입니다. 세상에서 가장 소중한 사람은 누구이겠습니까?

위대한 사람은 누군가가 글을 써줍니다. 후대의 역사가들이 정리도 해줍니다. 우리와 같이 평범한 사람일수록 더 기록해야 합니다. 기록으로 남기지 않으면 이 세상에 왔다 갔다는 흔적조차 남지 않을 것입니다.

『내 인생의 자서전 쓰기』는 '내 삶의 소중한 사람들과 만나는 행복여행'입니다. 내가 살아온 삶을 거울삼아 더 가치 있는 인생을 살 수 있도록 길잡이 역할도 하고, 또한 삶의 지혜와 용기를 줄 수도 있습니다. 내 소중한 가족과 후손들을 위한 진정한 사랑과 배려이기도 합니다. 모든 삶은 기록으로 남길 충분한 가치가 있습니다.

자서전 쓰기에 도전한 모든 분들이 내가 살아온 인생이 '한 권의 책'으로 발간되기를 진심으로 기대합니다.

C O N T E N T S

♡♥♡ 연령대별 이미지와 키워드를 표현해보세요 ♡♥♡

구분	이미지	키워드
유아		
10대		
20대		
30대		

구분	이미지	키워드
40대		
50대		
60대		
70대 이상		

제1장

나는 어떤
사람일까?

♡♥♡ 나의 계보 작성하기 ♡♥♡

나의 계보를 작성할 때는 부모님과 조부님뿐만 아니라 조상들에 대해 알고 있는 것과 들었던 것 모두에 대해 기록해 보세요. 나를 중심으로 마인드맵을 활용해 그려보면 가족 관계를 한눈에 알아볼 수 있습니다.

♡♥♡ 나를 알아가는 인터뷰 ♡♥♡

아래의 질문은 "나는 누구인가?"를 알게 하는 문항으로 구성되어 있습니다. 나 자신에 대한 정체성을 다시 한 번 확인하고 정리할 수 있는 기회를 가져 보세요. 내 소중한 가족과 후손들에게 내가 어떤 사람이었는가를 알리는 계기도 될 수 있습니다.

질문	기록
① 이 세상의 누구와도 저녁 식사를 할 수 있는 기회가 주어진다면 누구를 초대하고 싶은가?	
② 나에게 완벽한 하루란 어떤 날인가?	
③ 내가 30세 수준으로 영원히 돌아간다면 정신과 육체 중 어느 것을 유지하고 싶을까?	

질문	기록
④나는 어떻게 죽을 것 같다는 예감이 드는가?	
⑤나의 인생파트너와 공통점 3가지는 무엇인가?	
⑥인생에서 가장 감사하다고 느끼는 것은 무엇인가?	
⑦내가 살아온 방식 중 바꾸고 싶은 것이 있다면 무엇을 바꾸고 싶은가?	

질문	기록
⑧나의 삶에 대해 이야기 해주고 싶다면 어떻게 말해주고 싶은가?	
⑨내일 아침 잠에서 깨어날 때, 나에게 특별한 한 가지 능력이 주어진다면 나는 어떤 능력을 갖고 싶은가?	
⑩지금까지 해보려고 오랫동안 꿈꿔왔던 것은 무엇인가? 왜 아직 하지 않았는가?	
⑪나의 삶에서 가장 큰 성취는 무엇인가?	

질문	기록
⑫ 교우관계에서 가장 소중하게 생각하는 것은 무엇인가?	
⑬ 나에게 가장 소중한 기억은 무엇인가?	
⑭ 나에게 가장 끔찍한 기억은 무엇인가?	
⑮ 내가 1년 안에 죽게 된다면 지금 살아가는 방식 중에서 어떤 것을 바꾸고 싶은가? 그 이유는?	
⑯ 나에게 우정이란 무엇을 의미하는가?	

질문	기록
⑰ 나의 유년시절은 다른 사람들에 비해 어떠했나?	
⑱ 나는 어머니에 대해 어떻게 생각하고 있는가?	
⑲ 지금까지 살면서 감정을 주체하지 못하고 울었던 것은 무엇인가?	
⑳ 내가 지금 상대방과 가까운 친구가 된다며 상대방이 반드시 알아야 할 것은 무엇인가?	
㉑ 나의 인생에서 가장 당혹스러웠던 순간은 언제인가? 그 이유는?	

♡♥♡ 나의 출생과 어릴 적 이야기 ♡♥♡

부모님께서 들려주셨던 태몽, 엄마가 먹고 싶었던 음식, 태어난 장소, 몸무게, 신체의 특징, 출산 시 참여했던 사람들, 출산과정에서 에피소드, 유년기 시절 등 연상되는 단어를 생각하면서 적어보세요.

질문	기록
부모님의 태몽이야기? 언제, 어디서, 어떤 모습으로 태어났는가?	
가장 어릴 적 기억은 무엇인가?	
어릴 때는 어디에서 누구와 살았는가?	

질문	기록
어린 시절 살았던 집의 모습과 내·외부 환경을 담아 보세요.	
주로 어디서 누구와 무슨 놀이를 하며 놀았나요?	
가장 좋아했던 동물과 그 이유는?	

♡♥♡ 나의 살던 고향은? ♡♥♡

내가 태어나고 자랐던 곳을 연상하면서 과거로의 여행을 떠나봅니다. 당시 우리 집의 모습과 환경, 가족구성, 고향 주변의 전답, 건물, 자연환경, 놀이터, 도로망, 특산물, 상권, 학교 등을 연상하면서 모습들 하나하나를 스케치해 보세요.

질문	기록
고향의 모습은? (도시, 농촌, 어촌, 산골)	
사계절 고향의 모습은?	
고향의 특산물 등 자랑거리는?	

질문	기록
마음속 깊이 간직하고 있는 사연은?	
고향 하면 떠오르는 노래와 시는?	
고향에 가면 만나고 싶은 지인들은?	
그들과 나누고 싶은 추억은?	

♡♥♡ 존경하는 나의 부모님 ♡♥♡

내가 생각하는 부모님의 성격, 하셨던 일, 좋아하는 음식, 사회활동, 건강, 취미 등을 생각하면서 부모님의 모습과 삶의 여정을 짧은 이야기로 작성해 보세요.

질문	기록
아버지는 어떤 분인가요?	
어머니는 어떤 분인가요?	
부모님이 특별히 좋아하시던 음식은?	

질문	기록
부모님이 즐겨 하시던 일(취미)은?	
부모님은 나에게 어떤 존재였는가?	
부모님의 소망은 무엇이었나요?	

♡♥♡ 우리 집 가훈(좌우명) ♡♥♡

부모님께서 세우셨던 가훈이나 좌우명, 평소 강조하셨던 교육내용을 생각해 보면서 그것들이 내 삶에 미친 영향을 적어보고, 현재의 당신의 삶 가운데서 당신의 집 가훈과 행동 수칙들도 생각해보세요.

질문	기록
부모님의 가훈과 그 의미는? 그리고 이것이 내 생활에 미친 영향을 적어보세요	
(가훈이 없었다면) 부모님이 평소 자녀들에게 강조하셨던 말씀은?	
부모님의 행동이 나에게 귀감이 되었던 것은?	

질문	기록
당신의 가훈과 그 의미는?	
당신의 가훈 또는 좌우명이 당신의 삶에 미친 영향은?	
과거의 삶을 회상해 보면서 자녀들에게 강조할 행동수칙을 만든다면?	

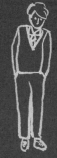

제2장

질풍노도
(10대)

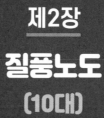

10대를 '질풍노도의 시기'라고 합니다. 이 시기가 되면 내면의 폭풍 같은 변화를 스스로도 버거워하기 때문에 외부의 자극에 대해 굉장히 민감하게 대처합니다. 이 때문에 별 것 아닌 일에도 짜증이 나고 화가 나며, 툭하면 눈물이 흐르기도 하고, 속없이 웃음이 나기도 했던 일들이 새록새록 기억이 납니다. 당시의 기억을 살려서 아래의 빈칸에 키워드나 이미지를 그려보세요.

①나의 학창시절(초·중·고)	
②학창시절을 빛내준 나의 가족	
③나를 성장시킨 사춘기	
④ 친구들과 우정	
⑤내가 즐겨 했던 것들 취미생활, 음식	
⑥ 학창시절 나의 꿈	

♡♥♡ 나의 학창시절 ♡♥♡

초등학교, 중학교, 고등학교 과정을 거치면서 일어났던 입학 및 졸업, 학습활동, 성적, 스트레스, 꿈과 목표, 기억에 남는 선생님, 소풍, 수학여행, 체육대회, 콤플렉스, 에피소드 등을 느낌과 함께 정리해 보세요.

질문	기록
학창시절 살았던 지역과 그곳의 모습은?	
어느 학교를 다녔는가?	
그 시절 가장 기억에 남는 일화는?	
학교 수업 외 외부 활동 참여 경험은?	

질문	기록
학창시절 가장 힘들었던 일은? 어떻게 극복했는가?	
도전적으로 추진했던 것, 절망적이었던 것, 아쉬웠던 것들은?	
위험한, 반항적인 행동을 한 적과 그 이유는? 그런 행동으로 인한 나의 성찰은?	

♡♥♡ 학창시절을 빛내준 나의 가족들 ♡♥♡

학창시절 성장과정에서 정신적·물질적·경제적으로 도움을 주신 (조)부모, 형제, 자매, 친척 등을 생각하면서 사례 위주로 작성해 보세요.

질문	기록
학창시절 가족들은 어떤 모습으로 생활했는가?	
부모님은 나에게 어떤 힘이 되어주셨나?	
부모님이나 가족들로부터 어떤 기대를 받았는가?	

질문	기록
나의 말을 가장 잘 믿어 주었던 가족은?	
그때의 감정은?	
왜 그런 믿음을 받았는가?	
부모님 외에 경제적으로 특별히 도움을 주신 분은?	
그분과는 지금 어떠한 교류를 하며 살고 있는가?	
가족에 대한 소중함, 감사함, 친밀감 등을 느꼈을 때는 언제인가?	

♡♥♡ 나를 성장시킨 사춘기 ♡♥♡

사춘기 때 겪었던 희로애락, 이성문제, 고민, 갈등, 문제, 도움을 주신 분, 선한 영향력을 준 사람들, 어려움을 극복했던 일 등을 종합적으로 묶어서 이야기식으로 적어보세요.

질문	기록
이성에 대한 관심, 교제, 짝사랑 등의 사연을 추억으로 남겨보세요	
음주, 흡연에 대한 호기심이나 경험담을 재미있게 적어보세요	
당시 유행했던 노래와 춤, 놀이 등은 무엇이었나요?	

질문	기록
내가 미운오리새끼 라고 느낀 적은 있었나요?	
어떻게 대처했나요?	
부모님과의 관계는 어떠했나요?	
부모님께 죄송스럽게 생각하는 것은?	
신체적 변화로 인한 고민, 갈등, 호기심 등은 무엇이었나요?	

♡♥♡ 친구들과 우정 ♡♥♡

학창시절 기억에 남는 친구들을 연상해보고 그들과 함께했던 추억을 생각해 보세요.
이성에 대한 감정, 짝사랑, 교제했던 이성 친구에 대한 이야기도 작성해보면 어떨까요?

질문	기록
함께 어울렸던 친구들은? 지금 그들과의 관계는?	
봉사활동, 추억여행 등의 의미와 재미가 있었던 일들은?	
이성친구들과 함께했던 즐거운 추억은?	

질문	기록
친구들과 주로 다니던 장소는? 함께한 놀이는? 대화는?	
친구들은 나를 어떻게 평가했었는가? 친구들에게 나는 어떤 존재였는가?	
동아리나 단체 활동에 참여한 경험과 성과는?	

♡♥♡ 내가 즐겨하던 취미 생활, 음식 ♡♥♡

학창시절에 즐겨했던 놀이, 영화, 독서, 음악, 운동, 음식 등을 생각하면서 당시의 느낌, 장소, 함께 했던 사람들, 에피소드, 성찰, 교훈 등을 적어보세요.

질문	기록
어떤 음악을 좋아했는가?	
유행했던 노래는?	
18번지는?	
생생하게 기억하고 있는 영화는?	
그 이유는?	
독서에 대한 관심과 기억에 남는 책은?	

질문	기록
좋아하는 스포츠 종목과 선수는?

얼마나 열광했는가? | |
| 즐겨 먹던 음식은 무엇이었는가?

음식과 관련된 에피소드는? | |
| 공부와 취미 생활과의 관계는?

당시 취미생활이 지금의 삶에 미친 영향은? | |

♡♥♡ 학창시절 나의 꿈 ♡♥♡

초등학교, 중학교, 고등학교 과정을 거치면서 꾸었던 꿈을 생각해 보고 그 꿈들이 어떤 영향을 주었는지 결과는 어땠는지 적어보세요.

질문	기록
학창시절 나의 영웅은 누구였는가?	
나는 무엇이 되고 싶었는가?	
자신의 특징 중 특별하다고 생각했던 것은?	
그런 생각을 갖게 해 준 사건은?	
꿈을 이루기 위해 특별히 노력했던 부분은?	

질문	기록
각종 유혹과 장애물들을 어떻게 극복했는가?	
꼭 이루고 싶었지만 아쉽게도 이루지 못한 것들은?	
당시의 꿈들이 지금 생활과는 어떤 관계를 갖고 있는가?	
학창시절 꿈들에 대한 결과는?	

제3장

도전과 열정
(20~30대)

평소 간직했던 꿈이나 성인이 되면서 변화하는 주변 환경에 맞서 열정적인 마음으로 도전했던 사연들이나 영향을 준 사람들 그리고 직장, 일터, 공동체 생활 등에서의 자신의 역할, 성공과 실패, 교훈적인 사건들을 생각해 보면서 키워드나 이미지로 표현해 보세요.

① 청년기 때 나의 모습	
② 꼭 이루고 싶었던 나의 꿈	
③ 내 진로에 영향을 준 일과 사람들	
④ 나의 직장과 일터	
⑤ 나의 연애와 결혼	
⑥ 자녀의 양육	
⑦ 즐거웠던 여행	

♡♥♡ 청년기 때 나의 모습 ♡♥♡

대학, 군대, 직장, 일터, 등을 거치면서 변화된 나의 모습, 사회생활, 공동체 생활, 나의 신체 변화, 새로운 사람들과의 만남, 가치관의 변화, 생활환경 등을 적어보세요.

질문	기록
대학, 직장, 일터에 참여한 과정과 그 환경을 처음 맞이하면서 느꼈던 소감은?	
대학, 일터, 군대 생활을 하면서 맺어진 인연들은?	
대학, 일터에서 새롭게 익힌 지식이나 기술은?	
그것들은 나의 성장에 어떤 도움을 주었는가?	

질문	기록
단체생활에서 인간관계의 어려움이나 갈등 등을 어떻게 극복했는가?	
여가시간은 어떻게 활용했는가?	
여행이나 취미 활동을 하면서 기억에 남는 일화는?	
나를 성장시킨 중요한 교육, 사건이나 사람, 책, 자격증 등은?	

♡♥♡ 꼭 이루고 싶었던 꿈 ♡♥♡

대학생활, 군대생활, 취업, 연애 등 성인이 되면서 이루고 싶었던 꿈과 가치관의 변화, 역량 개발, 단기(3년), 중기(5년), 장기(10년)의 목표와 성과물들을 적어보세요.

질문	기록
청년기에 가졌던 꿈, 목표, 성과물은?	
도전하는 과정에서 나타난 장애물이나 취약점들은 나에게 어떤 영향을 주었을까?	
어려움을 극복하는 과정에서 힘들었던 부분은?	

질문	기록
나에 대한 믿음이 강하게 나타났던 계기는?	
그 당시 포기하거나, 달성하지 못한 것들을 재도전하여 성취한 것들은?	
청년기에 자신이 이루었던 유의미한 결과물들은?	

♡❤♡ 내 진로에 영향을 준 일과 사람들 ♡❤♡

꿈을 실현하기 위해 노력했던 과정에서 부모님의 조언, 선생님의 지도, 롤모델의 등장이 자신의 정체성 등에 어떤 형식으로 영향을 미쳤는지 적어보세요.

질문	기록
가정환경이 진로에 미친 영향은?	
나의 진로에 영향을 준 롤모델이나 스승은?	
진로에 장애가 되었던 것은?	

질문	기록
미래에 대한 불확실성을 느낀 때는 언제였는가?	
가장 힘들었던 시기는 언제이고 어떻게 극복했는가?	
진로문제를 극복하기 위해 중점적으로 역량을 키웠던 부분은?	

♡♥♡ 나의 직장과 일터 ♡♥♡

직장 및 일터 소개, 합격 및 승진, 사고, 사회생활, 군대생활, 여행, 봉사활동 등을 생각하면서 추억거리들을 적어보세요.

질문	기록
나의 직장은 어떤 업종인가?	
구체적으로 담당했던 분야는?	
직장에서 가장 가깝게 지낸 사람과의 추억은?	
직장 동료들과 회식, 놀이에 대한 추억은?	

질문	기록
승진과 관련한 이런저런 소감은?	
이직, 전직에 대한 경험과 관련 배경은?	
직장에서 가장 힘든 시기와 그 이유는?	
강렬한 성취감을 느꼈던 부분은?	

♡♥♡ 나의 연애와 결혼 ♡♥♡

이성에 대한 이상형, 연애담, 프러포즈, 상견례, 선물, 갈등, 결혼식 이야기들을 재미있으면서도 진지하게 적어보세요.

질문	기록
배우자에게 관심을 갖게 된 배경은?	
사랑으로 발전하게 된 계기는?	
결혼을 결심하게 된 배경은 무엇인가?	
프러포즈는 어떻게 했는가?	
결혼을 준비하면서 직면한 문제들이나 즐거운 기억들은?	

질문	기록
결혼식장의 이모저모, 에피소드, 감동적인 사연은?	
신혼여행에서 있었던 추억은?	
신혼생활 중 희로애락은?	

♡♥♡ 자녀의 양육 ♡♥♡

옛날에는 부부가 자녀를 많이 갖는 것이 좋은 일이라고 여겼으며 자녀의 양육은 부부가 갖는 권리와 노동력 중 하나였습니다. 자녀를 양육하면서 겪었던 일을 적어보세요.

질문	기록
자녀 계획과 자녀의 수는?	
자녀를 출산할 때 주변인들의 반응은?	
자녀의 양육환경은 어떠했는가?	
자녀를 양육하면서 힘들었던 점과 즐거웠던 점은?	

질문	기록
아이들의 이름은 어떻게 지었는가? 아이들의 성향은?	
자녀들을 양육할 때 유의해야 할 사항과 노하우는?	
아이들의 훈육은 어떤 부분에 주안을 두었는가? 지도방법은?	

♡♥♡ 즐거웠던 여행 ♡♥♡

직장과 일터에서 열심히 일하고 틈틈이 소중한 시간을 할애하여 여행을 했던 기억을 되살려서 다시 한번 그 날의 여행으로 떠나보세요.

질문	기록
어릴 적 여행에 대한 로망과 여건은?	
국내 여행과 해외여행을 구분하여 기억에 남는 여행들을 소개해보세요?	
여행은 당신의 삶에 어떤 의미일까요?	

질문	기록
여행을 통해서 얻은 소중한 산물이나 교훈은?	
여행을 하면서 아쉬웠던 부분은?	
가족들과 함께 다시 와보고 싶다는 여운을 남겼던 곳은?	

제4장

열매와 성숙

(40~50대)

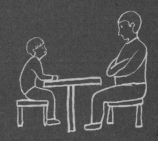

공자는 40세를 불혹의 나이라고 했습니다. 이는 어떤 유혹에도 흔들리지 않고 평상심을 유지 할 수 있다는 것입니다. 마흔이라는 나이는 인생의 한가운데에서 지나온 시간을 돌아보며 미래를 준비해야 하는 가장 중요한 시기입니다. 50세인 지천명의 나이에 접어들면 흔히 사람들은 옛일을 이야기할 때 '산전 수전 공중전'을 다 겪었다며 굴곡진 삶을 이야기하곤 합니다. 그 당시를 회상하면서 하고 싶은 이야기들을 적어보세요.

① 직장과 일터에서 　나의 위치와 역할	
② 자녀가 사랑스럽거나 　아쉬웠을 때	
③ 자녀와의 소통	
④ 자녀의 결혼 이야기	
⑤ 내 인생의 　우선순위와 의미	

♡♥♡ 직장과 일터에서 나의 위치와 역할 ♡♥♡

직장, 일터에서 중심적인 역할을 하면서 경험했던 보람과 애환, 승진, 과제, 상하 동료와의
관계, 일과 가정의 양립에서 야기된 갈등, 성찰 등을 적어보세요

질문	기록
직장과 일터는 어떤 곳이며, 무슨 일을 하였는지?	
직장에서 나의 위치와 역할은?	
직장 내 구성원들과의 관계형성은?	

질문	기록
직장에서의 연봉, 승진, 각종 혜택 등에 대한 만족 여부는?	
직장내에서 큰 성과를 이루어 타의 귀감이 된 사례는?	
일과 삶에 대해 적절한 균형(워라밸)을 이루었는가?	

♡♥♡ 자녀가 사랑스럽거나 아쉬웠을 때 ♡♥♡

자녀들을 양육하면서 느꼈던 사랑의 감정들을 성장단계별 사례 위주로 작성해보고 보람과 아쉬움도 함께 적어보세요.

질문	기록
자녀의 구성 및 주요 특성은?	
자녀가 사랑스럽게 느껴졌을 때는 언제였는가?	
자녀의 성장을 돕기 위해 노력한 분야는?	

질문	기록
자녀를 키우는 동안 가장 큰 어려움은?	
자녀들이 아팠던 기억과 치료 경험은?	
자녀들은 나에게 어떤 의미를 주고 있는가?	

♡♥♡ 자녀와의 소통 ♡♥♡

청소년기는 사춘기와 함께 시작되어 어른으로 성숙하는 변화 과정이라 할 수 있습니다. 신체 변화뿐만 아니라 생각, 감정의 변화로 강렬한 본능과 충동성을 느끼게 됩니다.

자녀와의 갈등이 발생했을 때 효과적으로 해결했던 방법, 사춘기 자녀들과의 소통방식, 자녀의 고민을 식별하는 방식과 대응했던 결과 등을 생각해 보세요.

질문	기록
자녀들과 공통의 관심사와 소통 수단은?	
자녀들과 나만의 소통방법과 효과는?	

질문	기록
자녀들 의견에 대한 존중과 간섭의 정도는?	
자녀들과 가장 큰 갈등은? 갈등이 발생 시 대처는?	

질문	기록
자녀들과 함께 했던 일은? 다시 해 보고 싶은 일은? 하지 못해 아쉬웠던 것은? 자녀들에게 하고 싶은 이야기는?	

♡♥♡ 자녀의 결혼 ♡♥♡

자녀의 짝을 소개받았을 때 느낌, 상견례, 결혼 준비, 예식, 신혼여행, 신혼살림에 관한 에피소드를 적어보세요. 자녀가 미혼인 경우 자녀의 결혼 계획을 적어보는 것도 좋습니다.

질문	기록
자녀의 결혼 상대자를 처음 만났을 때 어떤 느낌이 들었나요?	
자녀의 결혼준비 과정에서 애환이나 에피소드는?	

질문	기록
자녀 결혼 시 양가의 갈등이나 희망사항은?	
사돈 가족들과의 상견례는?	

질문	기록
예식장에서 나의 감정은 어떠했는가?	
예식장에서의 이모저모는? 자녀들 결혼 초기에 나와의 관계는 어떠하였는가?	

♡♥♡ 내 인생의 우선순위와 의미 ♡♥♡

인생 2막을 준비하면서 중요하고 필요한 것들을 생각해 보고 우선순위와 그 의미를 적어봅니다. 그리고 우선순위별 준비과정과 실행과정, 결과물도 함께 작성해 보세요.

질문	기록
내 삶의 우선순위를 5가지 이상 적고 그 이유를 설명해 보세요.	
우선순위별 추진했던 결과와 아쉬움을 적어보세요.	
나보다 가족을 먼저 생각했던 때는 언제였나?	

질문	기록
물질적인 것과 정신적인 것 중 무엇을 우선시한 삶이었나?	
우선순위가 뒤바뀐 사례는?	
지금 내가 당신의 나이라면 삶의 우선순위를 어디에 두고 싶은가?	

제5장

인생 2막
(60대 이상)

건강은 100세 시대 인생에서 꼭 필요한 삶의 요소입니다. 그리고 아무리 강조해도 지나치지 않습니다. 인생 1막에서 채 펼치지 못했거나 경험을 통해 얻은 소중한 삶의 자산인 자신의 '꿈과 끼'를 마음껏 펼치는 데 시간을 보냅시다. 인생의 후반기를 맞아 진실로 당신이 좋아하는 것, 마음속에서 열망하는 일, 재능 있는 일을 찾아 개발하고 즐길 수 있도록 노력한다면 당신의 인생에 최상의 선물이 될 것입니다.

① 새로운 목표와 도전	
② 나와 함께하는 단체나 사람들	
③ 사랑스러운 손자들	
④ 내 삶의 버팀목	
⑤ 건강한 삶을 위하여	
⑥ 내 인생의 버킷리스트	

♡♥♡ 새로운 목표와 도전 ♡♥♡

인생 2막의 새로운 삶을 위해 도전했던 것들, 목표와 실행 결과를 적어보세요.
그리고 다가올 그 시대를 생각하면서 계획도 함께 적어보세요

질문	기록
새로운 목표를 설정하고 추진하였던 일과 성과는?	
오늘날 나의 모습과 내가 예상했던 결과는?	
지금 하고 싶은 일은 무엇인가?	
망설이고 있다면 그 이유는?	

질문	기록
손자나 다른 젊은 세대와 함께 해 보고 싶은 것은?	
인생 2막을 살아가는데, 꼭 필요 것과 그것의 준비는?	
더 큰 만족을 얻기 위해 내 삶의 무엇을 바꾸고 싶은가?	

♡♥♡ 나와 함께하는 단체나 사람들 ♡♥♡

인생 2막을 함께하고 있는 공동체 및 사람들과의 비전, 사명, 활동결과, 미담, 에피소드, 봉사활동, 도움을 받았던 일, 발전시킨 사항 등을 적어보세요.

질문	기록
어떤 조직과 모임에 속해 있는가?	
그 모임의 비전과 사명은?	
지역 사회에 공헌할 수 있는 방법을 찾는다면 그것은 무엇인가?	
다른 누군가를 위해 내가 했던 일 중, 큰 만족감을 준 것은?	

질문	기록
봉사활동의 주기적 참여는? 활동을 하면서 느낀 소중한 가치는?	
내가 가장 자신 있게 할 수 있는 일은?	
새롭게 하고 싶은 모임, 활동은?	

♡♥♡ 사랑스러운 손자들 ♡♥♡

손자들의 출산, 재롱, 돌이나 생일, 건강, 특징, 취향, 선물, 바램, 사랑스러운 감정 등을 생각해보면서 적어보세요.

질문	기록
손자들은 나의 삶에 어떤 의미를 부여하는가?	
태어난 손자를 처음 보았을 때의 느낌은 어떠했는가?	
조부모가 되었을 때와 부모가 되었을 때를 비교하면, 감정과 태도가 어떻게 다른가?	

질문	기록
손자들과 가장 하고 싶었던(싶은) 일은 무엇인가?	
자식들이 아이를 기르는 방법에 대해 묻는다면 어떤 조언을 하고 싶은가?	
손자들이 자신을 어떻게 기억해 주기를 바라는가?	

♡♥♡ 내 삶의 버팀목 ♡♥♡

인생 2막을 맞이하면서 나를 지탱하게 해준 버팀목(사람, 가치, 좌우명, 환경)을 생각해 보고 왜 그것들이 버팀목이 되는 것인지 적어보세요

질문	기록
내가 가장 사랑하는 사람은?	
그는 나에게 어떤 존재인가?	
내가 살아가는데 가장 큰 버팀목이 되어준 것은?	
내 삶의 버팀목이 되어준 좌우명?	
좌우명으로 삼은 이유는 무엇인가?	

질문	기록
지금 내 삶의 환경은 어떠한가?	
인생 2막에 새롭게 나를 지탱해줄 버팀목은?	
내가 나에게 바라는 것은?	

♡♥♡ 건강한 삶을 위하여 ♡♥♡

현재의 건강상태와 잘못된 습관, 예방활동, 건강증진 활동에 대해 적어보세요

질문	기록
지금 나의 건강은 어떠한가?	
건강을 지키기 위해 노력하고 있는 것은?	
건강에 바람직하지 않은 나의 습관은?	

질문	기록
균형 잡힌 식사와 식단을 준비하고 있는가?	
숙면의 정도와 방해가 되는 요인은?	
정신적, 심리적으로 안정감이나 불안감은?	

♡♥♡ 내 인생의 버킷리스트 ♡♥♡

남은 인생동안 꼭 하고 싶은 일들을 우선순위별로 적어보고 선정 이유와 어떻게 추진할 것인지 계획을 적어보세요

질문	기록
버킷리스트를 우선순위별 적는다면?	
지금 당장 시행 가능한 것과 계획은?	
중·장기 계획으로 시행하여야 하는 것은?	

질문	기록
하고 싶은데 "내 나이에 무슨?"하며 주저하고 있는 것은?	
버킷리스트를 함께 하고 싶은 사람과 이유는?	
버킷리스트를 실천할 수 있는 힘과 용기를 어디에서 얻고 있는가?	

부록

#1 미리 써 보는 유언장

유언은 남은 사람들에게 당부하고 싶은 내용, 정보, 자신의 성찰, 노하우,
삶의 지혜 등을 생각하면서 마지막으로 남기는 기록입니다. 진지하고 경건
한 맘으로 작성해보세요.

#2 사진으로 쓰는 추억 여행

- 사진은 삶의 기록이고 역사다

- 사진은 내 존재를 확인하게 한다.
- 사진은 나를 느끼고, 기억하고, 내가 누구인지 알게 해준다.
- 사진은 과거와 마주하며 현재를 살게 한다.
- 사진은 내 마음을 치유하게 하는 힘이 있다.
- 사진은 내가 아끼는 사람과 대면 할 수 있게 한다.
- 사진은 내가 나를 바라볼 수 있는 좋은 도구다.
- 사진은 찍는 게 아니라 담는 것이다.
- 사진기는 기쁨과 사랑의 저장 장치다.
- 사진 속에는 내가 사랑하는 사람. 나의 감정, 특별한 순간들이 담겨 있다.

참고문헌

· 게리 채프먼, 장동숙 역, 『5가지 사랑의 언어』, 생명의말씀사, 2003.
· 국가기록원, 박경국, 『사과나무 일기』, 행복에너지, 2014.
· 김세연, 『청소년 글쓰기』, 푸른영토, 2014.
· 김준호, 『1인1책 베스트셀러에 도전하라』, 나눔북스, 2016.
· 린다 스펜스, 황지현 역, 『내 인생의 자서전 쓰는 법』, 고즈윈, 2008.
· 명로진, 『베껴 쓰기로 연습하는 글쓰기 책』, 타임POP, 2010.
· 오모테 사부로, 이정환 역, 『인생을 바꾸는 자신과의 대화』, 달과소, 2005.
· 오츠 슈이치, 황소연 역, 『죽을 때 후회하는 스물다섯 가지』, 21세기북스, 2009.
· 정대용, 『기록하는 인간』, 지식공감, 2017.
· 정대용, 서상윤, 『내 인생의 자작나무』, 지식공감, 2020.